Antón Čechov

Kaštanka

(1887)

Versione filologica del racconto

a cura di Bruno Osimo
traduzione di Martina Oliva, Alice Grupallo, Nicole Marezza, Giuditta Acquaviva, Cinzia Simona Minniti

Guida alla pronuncia

La traslitterazione dei nomi è fatta in base
alla norma ISO 9:

â si pronuncia come 'ia' in 'fiato' /ja/

c si pronuncia come 'z' in 'zozzo'   /ts/

č si pronuncia come 'c' in 'cena'   /tɕ/

e si pronuncia come 'ie' in 'fieno' /je/

ë si pronuncia come 'io' in 'chiodo' /jo/

è si pronuncia come 'e' in 'lercio' /e/

h si pronuncia come 'c' nel toscano
'laconico' /x/

š si pronuncia come 'sc' in 'scemo' /ʂ/

ŝ si pronuncia come 'sc' in 'esci' /ɕ:/

û si pronuncia come 'iu' in 'fiuto' /ju/

z si pronuncia come 's' in 'rosa' /z/

ž si pronuncia come 's' in 'pleasure' /ʐ/

Sommario

Kaštanka

1. Cattiva condotta

Una cagna giovane rossiccia – incrocio tra un bassotto e un bastardino – dal muso molto simile a una volpe, correva avanti e indietro sul marciapiede e guardava inquieta da una parte all'altra. Ogni tanto si fermava e, piangendo, sollevando ora una zampa gelata, ora l'altra, cercava di tirare le fila: come aveva fatto a perdersi?

Si ricordava benissimo come aveva passato la giornata e come infine era capitata su questo marciapiede che non aveva mai visto.

La giornata era cominciata che il suo padrone, il falegname Lukà Aleksàndryč, indossava il berretto, metteva sotto braccio un affare di legno avvolto in un panno rosso, e gridava:

«Kaštanka, andiamo!».

Sentito il proprio nome, l'incrocio tra un bassotto e un bastardino era uscito da sotto il bancone, dove dormiva sui trucioli, si era stiracchiato dolcemente ed era corso dietro al padrone. I clienti di Lukà Aleksàndryč vivevano talmente lontano che prima di andare da ognuno di loro, il falegname doveva passare più volte in trattoria e rifocillarsi.

A Kaštanka venne in mente che lungo la strada si era comportata in modo estremamente maleducato. Dalla gioia che l'avevano portata a spasso, saltava, si buttava abbaiando contro il tram a cavalli, correva nei cortili e inseguiva i cani. Il falegname di tanto in tanto la perdeva di vista, si fermava e arrabbiato le gridava contro. Una volta, con un'espressione di cupidigia sulla faccia, le aveva persino stretto in pugno l'orecchio volpino, l'aveva tirato e aveva detto, scandendo le parole:

«Po… tessi cre… pare, peste!».

Dopo essere stato dai clienti, Lukà Aleksàndryč aveva fatto un salto dalla sorella, dove si faceva un bicchiere e uno spuntino; da casa della sorella era andato a trovare un rilegatore di sua conoscenza, dal rilegatore in trattoria, dalla trattoria a un amico e così via. In una parola, quando Kaštanka era finita sul marciapiede che non aveva mai visto, stava già facendo sera e il falegname era ubriaco come uno stivalaio. Aveva scacciato un pensiero con la mano e sospirato profondamente, borbottando:

«Nel peccato mi concepì mia madre! Ah, peccati, peccati! Adesso ecco che camminiamo per le strade e guardiamo i lampioni, ma come moriremo bruceremo nella Geenna…».

Oppure se ne usciva in tono bonario, chiamando a sé Kaštanka e dicendole:

«Tu, Kaštanka, sei un essere insettoso e niente più. In confronto all'uomo, sei uguale al carpentiere in confronto al falegname...».

Mentre conversava con lei in questi termini, all'improvviso aveva cominciato a rimbombare una musica. Kaštanka si era guardata intorno e aveva visto per strada un reggimento di soldati che veniva dritto verso di lei. Non sopportando la musica, che le urtava i nervi, aveva cominciato ad agitarsi e a ululare. Con sua grande sorpresa, il falegname, anziché spaventarsi, cominciare a guaire e ad abbaiare, aveva fatto un ampio sorriso, si era messo sull'attenti e aveva portato la mano alla visiera. Vedendo che il padrone non protestava, Kaštanka si era messa a ululare ancora più forte e, fuori di sé, si era lanciata in strada verso l'altro marciapiede.

Quando si riprese, la musica non risuonava già più e il reggimento non c'era. Attraversò la strada di corsa verso il punto in cui aveva lasciato il padrone, ma ahimè! Il falegname non c'era già più. Si lanciò in avanti, poi indietro, attraversò un'altra volta la strada di corsa, ma il falegname sembrava essere stato inghiottito dal terreno... Kaštanka cominciò a fiutare il marciapiede, sperando di trovare il padrone dall'odore delle sue impronte, ma prima qualche mascalzone era passato con le sue calosce di gomma nuove, e adesso tutti gli odori delicati si mescolavano con il pungente fetore del caucciù, così che era impossibile capirci qualcosa.

Kaštanka correva avanti e indietro e non trovava il padrone, e nel frattempo si faceva buio. Su entrambi i lati della strada si accesero i lampioni e alle finestre delle case comparvero le luci. La neve scendeva in fiocchi grossi e lanosi e tingeva di bianco il marciapiede, il dorso dei cavalli, il cappello dei cocchieri, e tanto più l'aria si scuriva, tanto più gli oggetti diventavano bianchi. Di fianco a Kaštanka, oscurandole il campo visivo e urtandola con i piedi, facevano avanti e indietro senza sosta clienti sconosciuti. (Kaštanka dividEva tutta l'umanità in due parti molto impari: i padroni e i clienti; tra gli uni e gli altri c'era una sostanziale differenza: gli uni avevano il diritto di picchiarla, gli altri aveva lei il diritto di afferrarli per i polpacci). I clienti avevano fretta di andare da qualche parte e non le prestavano la benché minima attenzione.

Quando fu buio pesto Kaštanka fu sopraffatta da orrore e disperazione. Si strinse contro un portone e si mise a piangere amaramente. Il girovagare di tutto il giorno con Lukà Aleksandryč l'aveva sfinita, le orecchie e le zampe si erano gelate, e per di più era terribilmente affamata. In tutto il giorno le era successo di mettere qualcosa in bocca solo due volte: aveva mangiato dal rilegatore un po' di colla di farina e in una delle trattorie aveva trovato una pelle di salame vicino al bancone – ecco tutto. Se fosse stata una persona, probabilmente avrebbe pensato:

«No, non si può vivere così! Devo spararmi!».

2. Lo sconosciuto misterioso

Ma lei non pensava a niente e piangeva soltanto. Quando la neve soffice e lanosa le coprì del tutto la schiena e la testa e lei dallo sfinimento sprofondò in un torpore pesante, d'un tratto scattò la porta dell'androne, si mise a cigolare e la colpì sul fianco. Lei saltò su. Dalla porta aperta uscì una persona che rientrava nella categoria dei clienti. Dato che Kaštanka guaì e gli finì tra i piedi lui non poté evitare di prestarle attenzione. Si chinò verso di lei e disse:

«Cagnolina, da dove arrivi? Ti ho fatto male? Oh povera, povera... Dai, non arrabbiarti, non arrabbiarti... colpa mia».

Kaštanka lanciò un'occhiata allo sconosciuto attraverso i fiocchi di neve appiccicati alle ciglia, e vide davanti a sé un omino bassetto e grassottello, con la faccia paffuta senza barba, col cilindro e la pelliccia sbottonata.

«Perché guaisci?» continuava lui, togliendole con un dito la neve dalla schiena. «Dov'è il tuo padrone? Ti sei persa, non è vero? Ah, povera cagnolina! E ora cosa facciamo?»

Quando colse un tono caldo, affettuoso, nella voce dello sconosciuto, Kaštanka gli leccò la mano e prese a guaire in modo ancora più lamentoso.

«Come sei brava, buffa» disse lo sconosciuto. «Sembri proprio una volpe! Beh, dai, che si fa, vieni con me! Magari mi vieni buona per qualcosa… Su, fiiii!».

Schioccò le labbra e fece a Kaštanka un gesto con la mano, che poteva

significare solo: «Andiamo!».
Kaštanka andò.

Non era passata neanche mezz'ora che già sedeva sul pavimento di una grande camera luminosa e, con la testa piegata di lato, guardava intenerita e curiosa lo sconosciuto, che sedeva al tavolo e mangiava. Lui masticava e le buttava dei bocconcini… All'inizio le diede del pane e la crosticina verde del formaggio, poi un bocconcino di carne, mezzo *pirožók*[1], ossa di pollo, e lei dalla fame si mangiò tutto quanto così in fretta che non fece neanche in tempo a sentirne il sapore. E tanto più mangiava, tanto più si sentiva affamata.

«Certo che ti danno proprio poco da mangiare i tuoi padroni!» diceva lo sconosciuto, guardando la feroce ingordigia con cui inghiottiva i

---

[1] Focaccina ripiena.

bocconi senza masticarli. «E che magra che sei! Tutta pelle e ossa…». Kaštanka mangiò molto, ma senza saziarsi, piuttosto si inebriò di cibo. Dopo cena si sdraiò in mezzo alla stanza, si stirò le zampe e, sentendo in tutto il corpo un piacevole languore, si mise a scodinzolare. Mentre il suo nuovo padrone era stravaccato in poltrona a fumare il sigaro, lei scodinzolava e cercava una risposta: dove si sta meglio, dallo sconosciuto o dal falegname? Dallo sconosciuto c'è un arredamento povero e brutto; a parte le poltrone, il divano, la lampada e i tappeti non ha nient'altro, e la camera sembra vuota; a casa del falegname invece è pieno zeppo di cose; ha il tavolo, il bancone, un mucchio di trucioli di legno, le pialle, gli scalpelli, le seghe, la gabbia con il lucherino, la tinozza… Dallo sconosciuto non c'è nessun odore, dal falegname invece c'è sempre nebbia e un meraviglioso odore di colla, di vernice e trucioli. Però dallo sconosciuto c'è un vantaggio molto importante – dà molto da mangiare e, bisogna riconoscerglielo appieno, quando Kaštanka sedeva davanti al tavolo e lo guardava con tenerezza, lui non l'aveva mai picchiata, non l'aveva pestata con i piedi e nemmeno una volta le aveva gridato: «Vattene via, stramaledetta!».

Quando finì di fumare il sigaro il nuovo padrone uscì e tornò dopo un attimo, tenendo in mano un piccolo materassino.

«Ehi tu, cane, vieni qui» disse lui, mettendo il materassino nell'angolo vicino al divano. Sdraiati qui. Dormi!».

Poi spense la luce e uscì. Kaštanka si stravaccò sul materassino e chiuse gli occhi, dalla strada si sentì abbaiare e lei voleva rispondere ma a un tratto fu pervasa dalla tristezza. Le vennero in mente Lukà Aleksandryč, suo figlio Fedûška, il posticino confortevole sotto il bancone... Le venne in mente che nelle lunghe serate invernali, quando il falegname piallava o leggeva ad alta voce il giornale, Fedûška di solito giocava con lei... La tirava per le zampe di dietro da sotto il bancone e faceva con lei dei giochi tali che le venivano gli occhi verdi e le facevano male tutte le articolazioni. Lui la faceva camminare dalle zampe di dietro, le faceva fare la campana, cioè la teneva stretta per la coda, cosa che la faceva guaire e abbaiare, le dava da annusare il tabacco. Particolarmente tormentoso era il gioco che segue: Fedûška legava a un filo un pezzo di carne e lo dava a

Kaštanka e poi, quando lei lo aveva inghiottito, con una risata forte glielo ritirava fuori dallo stomaco. E più chiari erano i ricordi, più lei guaiva forte e nostalgica.
Ma presto lo sfinimento e il tepore ebbero la meglio sulla tristezza... Cominciò ad assopirsi. Nella sua immaginazione, i cani si mettevano a correre, correva tra l'altro anche il vecchio peloso barboncino che lei aveva visto oggi nella via con una macchia bianca sugli occhi e ciuffi di pelo intorno al naso. Fedûška con in mano lo scalpello si metteva a rincorrere il barboncino, poi d'un tratto si riempiva anche lui di pelo folto, si metteva ad abbaiare allegro e si ritrovava vicino a Kaštanka. Kaštanka e lui si annusarono il naso l'un l'altro benevolmente e si misero a correre in strada.

3. Una nuova piacevolissima conoscenza

Quando Kaštanka si svegliò, era già chiaro e dalla strada arrivava un rumore di quelli che si sentono solo di giorno. Nella stanza non c'era anima viva. Kaštanka si stiracchiò, sbadigliò e, arrabbiata, cupa, fece un giro per la stanza. Annusò gli angoli e i mobili, diede un'occhiata in anticamera e non trovò nulla di interessante. Oltre alla porta che dava sull'anticamera, c'era un'altra porta. Dopo averci pensato un po', Kaštanka la graffiò con entrambe le zampe, la aprì ed entrò nella stanza successiva. Qui sul letto, sotto una coperta di flanella, dormiva un cliente, nel quale riconobbe lo sconosciuto di ieri.

«Grrrrr...» ringhiò, ma ricordatasi della cena della sera prima, si mise a scodinzolare e ad annusare.

Annusò i vestiti e gli stivali dello sconosciuto e scoprì che avevano un forte odore di cavallo. Dalla camera da letto un'altra porta, anch'essa chiusa, dava su una stanza. Kaštanka graffiò questa porta, la spinse col petto, la aprì e subito sentì un odore strano, molto sospetto. Col presentimento di un incontro spiacevole, ringhiando e guardandosi attorno, Kashtanka entrò in una piccola stanzetta con la carta da parati sporca e indietreggiò dalla paura. Vide qualcosa di inaspettato e spaventoso. Con la testa e il collo piegati verso terra, le ali spalancate, un'oca grigia sibilante veniva dritta verso di lei. Poco distante da lei, su un materassino, stava sdraiato un gatto bianco; quando vide Kaštanka, balzò in piedi, inarcò la schiena, rizzò la coda, arruffò il pelo e si mise pure lui a soffiare. Il cane si spaventò sul serio, ma, non volendo mostrare la sua paura, si mise ad abbaiare forte e si lanciò verso il gatto... Il gatto inarcò la schiena ancora di più, soffiò e diede una zampata in testa a Kaštanka. Kaštanka balzò da un lato, si accovacciò e, allungando il muso verso il gatto, si mise ad abbaiare forte, in modo stridulo; in questo momento l'oca si avvicinò da dietro e la beccò sulla schiena facendole molto male. Kaštanka si alzò di scatto e si lanciò sull'oca...

«Ma cos'è 'sta roba?» si udì una voce forte e arrabbiata, e lo sconosciuto entrò nella stanza in vestaglia e con un sigaro tra i denti. «Che significa? A cuccia!»

Si avvicinò al gatto, gli diede dei colpetti sulla schiena inarcata e disse:

«Fëdor Timoféič, questo cosa significa? Avete fatto una rissa? Ah, vecchia canaglia! Stai giù!»

E rivolgendosi all'oca gridò:

«Ivan Ivànyč, a cuccia!»

Il gatto si sdraiò docile sul suo materassino e chiuse gli occhi. A giudicare dall'espressione del muso e dei baffi, era dispiaciuto di essersi scaldato e di aver finito per azzuffarsi. Kaštanka iniziò a guaire offesa, mentre l'oca allungò il collo e cominciò a parlare di qualcosa in fretta, ad alta voce e accalorata, scandendo le sillabe, ma del tutto incomprensibile.

«Va bene, va bene!» disse il padrone, sbadigliando. «Bisogna vivere in pace e armonia». Accarezzò Kaštanka e aggiunse: «E tu, rossina, non aver paura... È brava gente, non fa male. Aspetta un po', come possiamo chiamarti? Non puoi stare senza nome, cara mia».

Lo sconosciuto ci pensò su e disse:

«Vediamo... Sarai... Tëtka... Capito? Tëtka!»

E ripetuta un po' di volte la parola "Tëtka", uscì. Kaštanka si sedette e si mise a osservare.

Il gatto stava immobile sul materassino e faceva finta di dormire. L'oca, allungando il collo e camminando sul posto, continuava a parlare veloce e accalorata. A quanto pare era un'oca molto intelligente; dopo ogni lunga tirata indietreggiava sempre stupita come ad ammirare il suo discorso... Dopo averlo ascoltato e avergli risposto: «Grrr...», Kaštanka si mise ad annusare gli angoli. In uno degli angoli c'era un piccola bacinella, dove vide dei piselli e delle croste di pane di segale zuppe. Assaggiò i piselli – non erano buoni, assaggiò le croste – e si mise a mangiare. L'oca non rimase per nulla offesa dal fatto che un cane sconosciuto stesse mangiando il suo cibo, ma, al contrario, si mise a parlare ancora più accalorata e, per dimostrare la sua fiducia, si avvicinò alla bacinella e mangiò qualche pisellino.

4. Cose dell'altro mondo

Poco dopo, lo sconosciuto rientrò e portò con sé una cosa strana, simile a una porta e alla lettera U capovolta. Sulla barra di questa U capovolta di legno, rozzamente tagliata, stava appesa una campana ed era legata una pistola; dal batacchio della campana e dal grilletto della pistola pendevano delle cordicelle. Lo sconosciuto mise la U capovolta in mezzo alla stanza, a lungo slegò e allacciò qualcosa, poi guardò l'oca e disse:

«Prego, Ivan Ivànyč!».

L'oca gli si avvicinò e si fermò mettendosi in attesa.

«Avanti» disse lo sconosciuto, «cominciamo dall'inizio. Prima di tutto inchìnati e fai la riverenza! Forza!».

Ivan Ivànyč allungò il collo, si mise ad annuire da tutti i lati e batté la zampa.

«Così, bravo... Adesso fai il morto!».

L'oca si sdraiò sulla schiena e si mise zampe all'aria. Dopo avere fatto ancora alcuni simili giochi di prestigio da niente, lo sconosciuto improvvisamente si prese la testa tra le mani, il suo viso si dipinse di terrore e urlò:

«Aiuto! Un incendio! Andiamo a fuoco!»

Ivan Ivànyč corse verso la U capovolta, con il becco afferrò la corda e suonò la campana. Lo sconosciuto ne fu molto soddisfatto. Accarezzò l'oca sul collo e disse:

«Bravo, Ivan Ivànyč! Adesso immagina di essere un gioielliere che vende oro e brillanti. Ora immagina di arrivare al tuo negozio e di sorprendere dei ladri. Nel caso, come ti comporteresti?».

L'oca afferrò con il becco un'altra cordicella e la tirò, al punto che subito risuonò uno sparo assordante. A Kaštanka era piaciuto molto il tintinnio, ma lo sparo la entusiasmò così tanto che si mise a correre intorno alla U capovolta e ad abbaiare.

«Tëtka, a cuccia!» le gridò lo sconosciuto. «Silenzio!».

Il compito di Ivan Ivànyč non era finito con lo sparo. Per un'ora intera poi lo sconosciuto lo fece correre intorno a sé sulla corda, facendo schioccare la frusta, nel frattempo l'oca doveva superare con un balzo un ostacolo e saltare attraverso un cerchio, e impennarsi, ossia sedersi sulla coda e agitare le zampe. Kaštanka non staccava gli occhi da Ivan Ivànyč, ululava per l'entusiasmo e si mise a rincorrerlo più volte abbaiando forte. Quando sia lui che l'oca furono stanchi, lo sconosciuto si asciugò il sudore dalla fronte e urlò:

«Màr'â, chiama un po' qui Havronâ Ivanovna!».

Un minuto dopo si sentì un grugnito... Kaštanka ringhiò, assunse un'aria coraggiosa e per ogni evenienza si avvicinò un po' di più allo sconosciuto. La porta si aprì, nella stanza fece capolino una vecchia che disse qualcosa e fece entrare una scrofa nera, bruttissima. Senza prestare alcuna attenzione al ringhio di Kaštanka, la scrofa alzò il muso con fierezza e prese a grugnire allegramente. A quanto pare, era molto contenta di vedere il suo padrone, il gatto e Ivan Ivànyč. Mentre si avvicinava al gatto e gli dava una spinta leggera sotto la pancia con il muso e poi si mise a parlare di qualcosa con l'oca, nei suoi movimenti, nella voce e nel tremolio del codino si avvertiva una grande bontà d'animo. Kaštanka capì subito che ringhiare e abbaiare contro soggetti del genere era inutile.

Il padrone tolse la U capovolta di mezzo e gridò:

«Fëdor Timoféič, prego!».

Il gatto si alzò, si stiracchiò pigramente e controvoglia, come per fare un favore, si avvicinò alla scrofa.

«Dai, cominciamo con la piramide egizia» cominciò il padrone.

Spiegò a lungo qualcosa, poi ordinò: «Uno... due... tre!» Ivan Ivànyč alla parola "tre" agitò le ali e saltò sulla schiena della scrofa... Quando lui, mantenendosi in equilibrio con le ali e il collo, fu stabile sulla schiena setolosa, Fëdor Timoféič, fiacco e pigro, con un chiaro atteggiamento di sufficienza, come se considerasse la propria un'arte da due soldi e la disprezzasse, si arrampicò sulla schiena della scrofa, poi salì controvoglia sull'oca e si alzò sulle zampe posteriori. Ne risultò quella che lo sconosciuto chiamava "piramide egizia". Kaštanka lanciò un grido d'entusiasmo, ma in questo momento quel vecchietto di un gatto sbadigliò e, perdendo l'equilibrio, cadde dall'oca. Ivan Ivànyč barcollò e cadde anche lui. Lo sconosciuto cominciò a gridare, agitò le mani e si rimise a spiegare qualcosa. Dopo essersi dedicato per un'ora intera alla piramide, l'instancabile padrone prese a insegnare a Ivan Ivànyč a cavalcare il gatto, poi gli insegnò a fumare e così via.

La lezione terminò che lo sconosciuto si asciugò il sudore dalla fronte e uscì. Fëdor Timoféič stronfiò disgustato, si sdraiò sul materassino e chiuse gli occhi, Ivan Ivànyč si diresse verso la bacinella, e la scrofa venne portata via dalla vecchia.

Grazie a tutte quelle nuove esperienze la giornata di Kaštanka era volata, la sera invece aveva già un posto col suo materassino nella stanzetta con la carta da parati sporca, e trascorse la notte in compagnia di Fëdor Timoféič e dell'oca.

5. Che talento! Che talento!

Passò un mese.

Kaštanka si era già abituata al fatto che ogni sera le dessero da mangiare del cibo gustoso e la chiamassero Tëtka. Si era abituata sia allo sconosciuto che ai suoi nuovi coinquilini. La vita filava liscia come l'olio.

Tutti i giorni iniziavano allo stesso modo. Di solito il primo a svegliarsi era Ivan Ivànyč, che subito si avvicinava a Tëtka o al gatto, curvava il collo e iniziava a parlare accalorato e in modo persuasivo, ma come prima, incomprensibile. A volte alzava la testa e pronunciava lunghi monologhi. Durante i primi giorni di conoscenza Kaštanka pensava che parlasse tanto perché era molto intelligente, ma passò un po' di tempo, e lei perse ogni forma di rispetto nei suoi confronti; quando lui le si avvicinava con i suoi lunghi discorsi, lei non scodinzolava più, e lo snobbava, come se fosse un fastidioso chiacchierone che non faceva dormire nessuno, e senza troppi convenevoli gli rispondeva: «Grrrr»...

Invece Fëdor Timoféič era un signore di tutt'altro genere. Questi al risveglio non emetteva alcun suono, non si muoveva e non apriva nemmeno gli occhi. Non si svegliava volentieri, perché, com'era evidente, non amava molto la vita. Non gli importava di niente, affrontava ogni cosa in modo pigro e distratto, disprezzava tutto e, perfino mentre mangiava il suo gustoso pasto, stronfiava schifato.

Una volta sveglia, Kaštanka cominciava a girare per le stanze e ad annusare gli angoli. Solo a lei e al gatto era permesso gironzolare per tutto l'appartamento: l'oca non aveva il diritto di varcare la soglia della stanzetta con la carta da parati sporca, mentre Havron'â Ivanovna viveva in una baracca in cortile e compariva solo durante le lezioni. Il padrone si svegliava tardi e, dopo aver bevuto il tè, si metteva subito a fare i suoi giochi di prestigio. Ogni giorno nella stanzetta venivano portati la U capovolta, la frusta, i cerchi, e ogni giorno si facevano quasi sempre le stesse cose. Le esercitazioni duravano tre-quattro ore, tanto che una volta Fëdor Timoféič dalla stanchezza barcollava come un ubriaco, Ivan Ivànyč apriva il becco e respirava a fatica, invece il padrone diventava rosso e non faceva in tempo ad asciugarsi il sudore dalla fronte.

Le esercitazioni e il cibo rendevano le giornate molto

interessanti, le sere invece trascorrevano piuttosto noiose. Di solito la sera il padrone usciva e portava con sé l'oca e il gatto. Rimasta sola, Tëtka si sdraiava sul materassino e s'intristiva... La tristezza si avvicinava furtivamente, senza farsi notare, e a poco a poco si impadroniva di lei come l'oscurità con la stanza. Cominciava dal fatto che il cane perdeva ogni voglia di abbaiare, di correre per le stanze e addirittura di guardare, poi nella sua immaginazione apparivano due figure indistinte, ora cani ora persone, con facce belle e gentili, ma incomprensibili; alla loro comparsa Tëtka scodinzolava e le sembrava di averli visti e amati chissà dove e chissà quando... E addormentandosi, ogni volta sentiva che queste figure odoravano di colla, trucioli e vernice.

Quando si era già abituata alla nuova vita e da bastardina magrissima, scheletrica divenne un cane sazio e ben curato, una volta, prima dell'esercitazione, il padrone la accarezzò e disse:

«E adesso, Tëtka, mettiamoci al lavoro». Hai battuto la fiacca a sufficienza. Voglio fare di te un'artista... Tu vuoi fare l'artista?».

E cominciò a insegnarle vari trucchetti. La prima lezione imparò a stare ritta e a camminare sulle zampe didietro, cosa che le piaceva da morire. Nella seconda lezione doveva saltare sulle zampe didietro e afferrare un pezzo di zucchero che l'insegnante le teneva in alto sopra la testa. Poi nelle lezioni successive ballava, correva sulla corda, ululava alla musica, scampanellava e sparava, e dopo un mese era in grado di sostituire benissimo Fëdor Timoféič nella piramide egizia. Imparava molto volentieri ed era felice dei suoi successi; correre con la lingua a penzoloni sulla corda, saltare nel cerchio e andare a cavallo del vecchio Fëdor Timoféič le procuravano tantissimo godimento. Accompagnava ogni trucchetto ben riuscito abbaiando forte, entusiasta, e l'insegnante si meravigliava, si faceva prendere anche lui dall'entusiasmo e si fregava le mani.

«Che talento! Che talento!» diceva lui. «Un talento indiscusso! Avrai sicuramente successo!».

E Tëtka si era così abituata alla parola "talento", che ogni volta che il padrone la pronunciava, lei scattava e si guardava intorno, come se fosse il suo soprannome.

6. Una notte agitata

Tëtka fece un sogno canino, che la inseguiva un portinaio con la scopa, e si svegliò dalla paura.

La stanza era silenziosa, buia e molto soffocante. Le pulci la mordevano. Tëtka non aveva mai avuto paura dell'oscurità prima d'ora, ma adesso per qualche motivo si era spaventata e le faceva venire voglia di abbaiare. Nella stanza accanto il padrone sospirò rumorosamente, poi, poco dopo, la scrofa grugnì nel suo capanno, e ancora una volta tutto tacque. Quando si pensa al cibo, il cuore diventa leggero, e Tëtka si mise a pensare a come oggi avesse rubato a Fëdor Timoféič una zampa di gallina e l'avesse nascosta in salotto tra l'armadio e la parete, dove abbondavano polvere e ragnatele. Non sarebbe una cattiva idea andare

e vedere ora: la zampa è ancora
intatta oppure no? Può benissimo
essere che il padrone l'abbia trovata
e se la sia mangiata. Ma la regola
dice che prima del mattino non si
può uscire dalla stanzetta. Tëtka
chiuse gli occhi per addormentarsi
più velocemente, perché sapeva per
esperienza che prima ci si
addormenta, prima arriva il mattino.
Ma all'improvviso vicino a lei si udì
un grido strano, che la fece trasalire
e saltare su tutte e quattro le zampe.
Era Ivan Ivànyč a gridare, e il suo
grido non era chiacchierone e
persuasivo come al solito, ma in un
certo senso selvaggio, stridulo e
innaturale, simile al cigolio di un
portone che si apre. Non
distinguendo nulla nell'oscurità e
non capendo, Tëtka provò una
paura ancora più grande e ringhiò:
«Grrrr»...

Passò un po' di tempo, quanto necessario per spolpare un bell'osso; il grido non si ripeteva. Tëtka poco a poco si calmò e si appisolò. Sognò due grandi cani neri con ciuffi di pelo dell'anno scorso sulle zampe e lungo i fianchi; mangiavano ingordi da una grande tinozza una brodaglia, dalla quale usciva vapore bianco e un odore delizioso; ogni tanto lanciavano un'occhiata a Tëtka, mostravano i denti e ringhiavano: «A te non diamo niente!». Ma dalla casa uscì un mugik in pelliccia e li cacciò con lo *knut*[2]; allora Tëtka si avvicinò alla tinozza e si mise a mangiare, ma non appena il mugik uscì dal portone, entrambi i cani neri le si lanciarono addosso ululando, e all'improvviso echeggiò di nuovo il grido stridulo.

---

[2] Frusta con manico di legno.

«Qua! Quaqquà!» gridò Ivan Ivànyč.

Tëtka si svegliò, balzò in piedi e, senza scendere dal materassino, scoppiò in un abbaiare ululante. Le sembrava che a gridare non fosse più Ivan Ivànyč, ma qualcun altro, un estraneo. E chissà per quale motivo nel capanno la scrofa si era rimessa a grugnire.

Ma ecco che si sentì uno sciabattare, e il padrone entrò nella stanza in vestaglia con una candela. Il baluginio della luce saltellò sulla carta da parati sporca e sul soffitto e scacciò l'oscurità.

Tëtka vide che nella stanzetta non c'era nessun estraneo. Ivan Ivànyč sedeva per terra e non dormiva. Aveva le ali spalancate e il becco aperto, e in generale sembrava che fosse molto stanco e assetato. Neanche il vecchio Fëdor Timoféič dormiva. Doveva essersi svegliato anche lui per le grida.

«Ivan Ivànyč, che hai?» chiese il padrone all'oca. «Perché gridi? Stai male?».

L'oca taceva. Il padrone gli toccò il collo, gli accarezzò il dorso e disse:

«Sei proprio bizzarro. Non dormi tu e non fai dormire neanche gli altri».

Quando il padrone uscì e portò con sé la luce, calò di nuovo l'oscurità. Tëtka aveva paura. L'oca non gridava ma ebbe di nuovo l'impressione che nell'oscurità ci fosse qualcuno di estraneo. La cosa più spaventosa era che questo estraneo non si poteva mordere, perché era invisibile e questa notte doveva senz'altro succedere qualcosa di molto brutto. Anche Fëdor Timoféič era inquieto.

Tëtka lo sentiva trafficare sul suo materassino, sbadigliare e scuotere la testa.

Fuori bussarono a un portone e nel capanno grugnì la scrofa. Tëtka cominciò a guaire, allungò le zampe davanti e vi poggiò la testa. Nel bussare al portone, nel grugnito della scrofa che chissà perché non dormiva, nell'oscurità e nel silenzio le sembrava di sentire qualcosa di angosciante e spaventoso, come nel grido di Ivan Ivànyč. C'era un'atmosfera di allarme e tensione, ma per cosa? Chi era questo estraneo che non si riusciva a vedere? Ecco che vicino a Tëtka per un attimo si accesero due piccole fioche scintille verdi. Quella fu la prima volta da quando si conoscevano che Fëdor Timoféič le si avvicinò. Cosa voleva? Tëtka gli leccò una zampa e, senza chiedergli come mai fosse venuto, si mise a ululare piano e con voci diverse.

«Qua!» gridò Ivan Ivànyč. «Quaqquà!».

Si aprì di nuovo la porta, e il padrone entrò con la candela. L'oca sedeva nella stessa posa di prima, con il becco aperto e le ali spalancate. Aveva gli occhi chiusi.

«Ivan Ivànyč!» chiamò il padrone.

L'oca non si mosse. Il padrone sedette davanti a lui sul pavimento, lo guardò in silenzio per un attimo e disse:

«Ivan Ivànyč! Che succede? Che fai, stai morendo? Ah, ora mi viene in mente!». Gridò e si prese la testa tra le mani. «Lo so perché! È perché oggi ti ha calpestato un cavallo! Dio mio! Dio mio!».

Tëtka non capiva cosa stesse dicendo il padrone, ma gli leggeva in faccia che si aspettava qualcosa di terribile. Allungò il muso verso la finestra buia dalla quale, così le sembrava, un estraneo stava guardando, e si mise a ululare.

«Sta morendo, Tëtka!» disse il padrone e fece schioccare i palmi delle mani. «Eh sì, eh sì, sta morendo! Nella vostra stanza è giunta la morte. Che facciamo?».

Il padrone pallido, inquieto, sospirando e scuotendo la testa, tornò in camera sua. Tëtka aveva il terrore di rimanere nell'oscurità, e lo seguì. Lui si sedette sul letto e ripeté un po' di volte:

«Dio mio, cosa faccio?».

Tëtka gli camminava vicino alle gambe e, senza capire perché fosse così angosciata e perché fossero tutti così preoccupati, e cercando di capire, seguiva ogni suo movimento. Anche Fëdor Timoféič, che raramente abbandonava il suo materassino, entrò nella camera del padrone e iniziò a strusciarglisi contro le gambe. Scuoteva la testa come a scacciare un pensiero triste e sbirciava sotto il letto sospettoso.

Il padrone prese un piattino, ci versò l'acqua del rubinetto e tornò dall'oca.

«Bevi, Ivan Ivànyč!» disse dolcemente, mettendogli davanti il piattino. «Bevi, caro».

Ma Ivan Ivànyč non si muoveva e non apriva gli occhi. Il padrone gli avvicinò la testa al piattino e gli immerse il becco nell'acqua, ma l'oca non beveva, spalancò ancora di più le ali, e la testa gli rimase così, distesa nel piattino.

«No, ormai non c'è niente da fare!», sospirò il padrone. «È tutto finito. Se n'è andato Ivan Ivànyč!».

E dalle guance gli scesero lucide goccioline, come quelle che ci sono sulle finestre quando piove. Non capendo cosa stesse succedendo, Tëtka e Fëdor Timoféič si erano stretti a lui e guardavano l'oca con terrore.

«Povero Ivan Ivànyč!» diceva il padrone, sospirando triste. «E io che fantasticavo di portarti alla dacia in primavera e di camminare con te sull'erba verde. Animaletto caro, mio buon compagno, non ci sei più! E ora come farò senza di te?».

A Tëtka sembrava che anche a lei sarebbe successa la stessa cosa, ovvero anche lei, chissà per quale ragione, avrebbe chiuso gli occhi, disteso le zampe, schiuso la bocca, e tutti l'avrebbero guardata con terrore. A quanto pare gli stessi pensieri vagavano anche per la testa di Fëdor Timoféič. Mai prima d'ora il vecchio gatto era stato così cupo e triste come adesso.

Cominciava ad albeggiare, e nella stanzetta non c'era già più quell'estraneo invisibile che tanto spaventava Tëtka. Quando si fece giorno, arrivò il portinaio, prese l'oca per le zampe e la portò via. E poco dopo arrivò la vecchia e portò via la bacinella.

Tëtka andò in salotto e guardò dietro l'armadio: il padrone non si era mangiato la zampa di gallina, era lì al suo posto, tra polvere e ragnatele. Ma Tëtka era malinconica, triste e le veniva da piangere. Non annusò neanche la zampa, e andò sotto il divano, si accucciò e si mise a guaire sommessa, con una vocina sottile: «Guà-guà-guà…»

7. Un debutto malriuscito

Una bella sera il padrone entrò nella stanzetta con la carta da parati sporca e, fregandosi le mani, disse: «Allora…»

Voleva dire ancora qualcosa, ma non lo disse e uscì. Tëtka, che durante le lezioni aveva studiato benissimo la sua faccia e il suo tono, intuì che era inquieto, preoccupato e, così sembrava, arrabbiato. Non molto dopo tornò e disse:

«Oggi porto con me Tëtka e Fëdor Timoféič. Nella piramide egizia tu, Tëtka, oggi sostituirai il povero Ivan Ivànyč. Lo sa il diavolo! Non è pronto nulla, non avete imparato niente, abbiamo fatto poche prove! Faremo una figuraccia, sarà un fiasco!».

Poi riuscì e tornò poco dopo con una pelliccia e un cappello a cilindro. Avvicinandosi al gatto, gli prese le zampe davanti, lo sollevò e se lo mise al petto, sotto la pelliccia, e Fëdor Timoféič sembrava proprio indifferente e non si scomodò nemmeno ad aprire gli occhi. Per lui, a quanto pareva, non c'era alcuna differenza: stare sdraiato, o venir sollevato per le zampe, stare sul materassino, o poggiato sul petto del padrone sotto la pelliccia...

«Tëtka, andiamo» disse il padrone.

Senza capir niente e scodinzolando, Tëtka lo seguì. Un attimo dopo era già seduta sulla slitta vicino alle gambe del padrone e lo ascoltava borbottare mentre tremava per il freddo e l'ansia:

«Faremo una figuraccia! Sarà un fiasco!».

La slitta si fermò vicino a una casa grande e strana, simile a una zuppiera capovolta. Il lungo androne di questa casa con tre porte a vetri era illuminato da una decina di lanterne luminose. Le porte si aprivano con un tintinnio e come bocche inghiottivano le persone che si accalcavano all'ingresso. Di gente ce n'era molta, spesso verso l'entrata correvano anche cavalli, ma di cani non se ne vedevano.

Il padrone prese in braccio Tëtka e se la mise sul petto, sotto la pelliccia dove si trovava Fëdor Timoféič. Qui era buio e soffocante, ma si stava al calduccio. Per un attimo si accesero due piccole fioche scintille verdi: era il gatto che aveva aperto gli occhi, disturbato dalle zampe fredde ruvide della vicina. Tëtka gli leccò un orecchio e, desiderosa di stare più comoda possibile, cominciò a muoversi inquieta, lo calpestò con le zampe fredde e sporse senza volerlo la testa fuori dalla pelliccia, ma subito ringhiò con rabbia e si rituffò sotto la pelliccia. Le sembrava di aver visto una stanza enorme e mal illuminata, piena di mostri; da dietro le sbarre e le grate, che si estendevano su entrambi i lati della stanza, facevano capolino dei musi terrificanti: cavallini, con le corna, con le orecchie lunghe e un certo muso grosso, enorme, con una coda al posto del naso e con due lunghe ossa rosicchiate che gli sporgevano dalla bocca.

Il gatto si mise a miagolare rauco sotto le zampe di Tëtka, ma in questo momento la pelliccia si aprì, il padrone disse «Hop!» e Fëdor Timoféič e Tëtka saltarono a terra. Si ritrovarono subito in una piccola stanza con pareti fatte di assi grigie; qui, a parte un piccolo tavolino con lo specchio, uno sgabello e degli stracci tesi da un angolo all'altro, non c'erano altri mobili, e, al posto di una lampada o di una candela, bruciava una fiammella a ventaglio splendente, fissata al comodino incassato nel muro. Fëdor Timoféič si leccò il pelo, che era stato arruffato da Tëtka, andò sotto lo sgabello e si sdraiò. Il padrone, senza smettere di agitarsi, e fregandosi le mani, cominciò a svestirsi... Si svestì come faceva di solito a casa, quando si preparava per coricarsi sotto la coperta di flanella, cioè togliendosi tutto tranne la biancheria, poi si sedette sullo sgabello e, guardando nello specchio, cominciò a farsi delle cose incredibili. Prima di tutto, si mise in testa una parrucca con la scriminatura e due ciuffi simili a corna, poi si spalmò il viso in abbondanza con qualcosa di bianco e sopra il bianco si ridisegnò le sopracciglia, i baffi e si fece due guance rubiconde. L'impresa non terminò qui. Dopo essersi imbrattato il viso e il collo, iniziò a

mettersi addosso qualcosa di insolito, non un normale costume, ma qualcosa che Tëtka non aveva mai visto né nelle case, né fuori. Immaginatevi dei pantaloni larghissimi, di cotone, con una stampa a fiori molto grossi, che si usa nelle case borghesi per le tendine e per rivestire i mobili, pantaloni che arrivavano fino alle ascelle; una gamba era di cotone marrone, l'altra giallo brillante. Navigandoci dentro, il padrone indossò anche una giacca di chintz con un grande colletto a merletti e una stella dorata sulla schiena, calze di vari colori e scarpe verdi…
Tutti quei colori si riversarono negli occhi e nell'anima di Tëtka. La figura tonda e dalla faccia bianca odorava come il padrone, anche la voce era conosciuta, era quella del padrone, ma c'erano momenti in cui Tëtka si tormentava dal dubbio, ed

era pronta a scappare dalla figura variopinta e abbaiare. Un posto nuovo, la fiamma a forma di ventaglio, l'odore, la metamorfosi che aveva subito il padrone, tutto ciò le aveva messo addosso una vaga paura e il presentimento che avrebbe senz'altro incontrato qualcuno di spaventoso, come quello con il muso grosso e la coda al posto del naso. E qui da dietro alla parete risuonava ancora in lontananza una musica odiosa e si sentiva di tanto in tanto un ruggito incomprensibile. Solo una cosa la rassicurava: l'impassibilità di Fëdor Timoféič. Lui sonnecchiava tranquillo sotto lo sgabello e non apriva gli occhi neanche quando lo sgabello si muoveva.

Un tale in frac e gilet bianco sbirciò nella stanzetta e disse:

«Ora tocca a miss Arabella. Dopo di lei ci siete voi».

Il padrone non rispose. Tirò fuori da sotto il tavolo una valigia piccola, si sedette e aspettò.

Si vedeva dalla bocca e dalle mani che era preoccupato, e Tëtka sentiva che gli tremava il respiro.

«Monsieur Georges, prego!» gridò qualcuno dalla porta.

Il padrone si alzò e per tre volte si fece il segno della croce, poi tirò fuori il gatto da sotto lo sgabello e lo cacciò nella valigia.

«Vieni Tëtka!» disse piano.

Tëtka, senza capir niente, gli si avvicinò alle mani; lui la baciò sulla testa e la mise vicino a Fëdor Timoféič. Dopodiché calò l'oscurità… Tëtka calpestava il gatto, graffiava le pareti della valigia e dal terrore non riusciva a emettere neanche un suono, e la valigia oscillava, come sospinta dalle onde, e tremava…

«Ed eccomi qua!» urlò forte il padrone. «Ed eccomi qua!».

Tëtka sentì che dopo quel grido la valigia sbatté contro qualcosa di duro e smise di oscillare. Si udì un ruggito forte, profondo: battevano le mani per qualcuno, e questo qualcuno, probabilmente il muso con la coda al posto del naso, ruggiva e rideva così forte da far tremare le serrature della valigia. In risposta al ruggito echeggiò una risata acuta, stridula del padrone, ben diversa da quella che faceva a casa.

«Ah!» gridò, cercando di sovrastare il ruggito. «Mio distinto pubblico! Sono appena arrivato dalla stazione! Mia nonna ha tirato le cuoia e mi ha lasciato un'eredità! Nella valigia c'è qualcosa di molto pesante, è chiaro che è oro… Ah-ah! Magari c'è un bel milione! Adesso apriamo e guardiamo…»

La serratura fece uno scatto. Una luce splendente colpì Tëtka negli occhi; lei balzò fuori dalla valigia e, assordata dal ruggito, prese a correre a tutta velocità intorno al padrone e scoppiò in un sonoro latrato.

«Ah!» gridò il padrone. «Fëdor Timoféič, zietto[3] mio!

«Fëdor Timoféič, zietto mio! Zietta bella! Miei cari parenti, che vi venga un colpo!». Cadde di pancia sulla sabbia, afferrò il gatto e Tëtka e si mise ad abbracciarli.

Tëtka, mentre lui la stringeva nel suo abbraccio, guardò di sfuggita quel mondo in cui l'aveva portata il destino e, stupita dall'imponenza di questo mondo, rimase paralizzata per un attimo dalla meraviglia e dall'entusiasmo, poi si liberò dell'abbraccio del padrone e a causa

____

[3] *Tëtuška*, vezzeggiativo di tëtâ.

della forte sensazione, prese a girare su sé stessa come una trottola.

Questo nuovo mondo era grande e pieno di luce splendente; ovunque si guardasse, dal pavimento al soffitto, si riuscivano a vedere solo facce, facce e niente più.

«Zietta, la prego di sedersi!» gridò il padrone.

Ricordandosi cosa voleva dire, Tëtka balzò sulla sedia e si sedette. Guardava il padrone.

Gli occhi, come sempre, avevano un sguardo serio e affettuoso, ma la faccia, e in particolare la bocca e i denti, erano sfigurati da un sorriso largo, fisso.

Davanti a migliaia di persone lui invece rideva, saltava, dimenava le spalle e fingeva di divertirsi.

Tëtka credette alla sua allegria, all'improvviso sentì in tutto il corpo che queste migliaia di persone guardavano lei, alzò verso l'alto il muso volpino e si mise a ululare dalla gioia.

«Si sieda, Zietta,» le disse il padrone «intanto io e lo zietto balliamo la Kamarinskaâ».

Fëdor Timoféič, aspettandosi di dover fare qualcosa di stupido, se ne stava fermo e si guardava intorno indifferente.

Ballava fiacco, incurante, arcigno, e si vedeva dai suoi movimenti, dalla coda e dai baffi, che disprezzava profondamente e la folla, e la luce splendente, e il padrone, e sé stesso...

Dopo aver ballato la sua parte, sbadigliò e si sedette.

«Prego, Zietta,» disse il padrone «io e lei per prima cosa cantiamo, poi balliamo.

Va bene?». Tirò fuori dalla tasca un piffero e cominciò a suonare.

Tëtka, non potendo soffrire la musica, prese a muoversi inquieta sulla sedia e a ululare.

Tutto intorno si udirono un boato e degli applausi.

Il padrone si inchinò e, quando tornò il silenzio, continuò a suonare.

Al suono di una nota molto acuta, da qualche parte in alto tra il pubblico, qualcuno esclamò "Ah".

«Tât'ka!» gridò una voce di bambino.

«Ma quella è Kaštanka! Sì che è Kaštanka!» ribadì una voce tenorile alticcia, stridula.

«Kaštanka! Fedûška, quella è Kaštanka, che Dio mi fulmini! Fiii!».

Qualcuno in galleria fischiò e due voci, una di bambino, l'altra di uomo, chiamarono forte: «Kaštanka! Kaštanka!». Tëtka sussultò e guardò nel punto in cui gridavano.

Due persone: una pelosa, ubriaca e ghignante, l'altra paffuta, dalle guance rosse e spaurita, le colpirono gli occhi, come prima l'aveva colpita la luce splendente.

Si ricordò, cadde dalla sedia e si rannicchiò sulla sabbia, poi balzò in piedi e con guaiti di gioia si lanciò verso queste persone.

Echeggiò un boato assordante, attraversato da parte a parte da fischi e da un grido acuto di bambino: «Kaštanka! Kaštanka!».

Tëtka saltò oltre la barriera, poi oltre la spalla di qualcuno, si ritrovò sul palco; per arrivare nella galleria successiva, bisognava saltare un'alta parete; Tëtka balzò ma non abbastanza e scivolò contro la parete.

Allora passò di mano in mano, leccò la mano e la faccia di qualcuno, si spostò sempre più in alto e, infine, arrivò in piccionaia...

Dopo mezz'ora Kaštanka era già per strada dietro a quelle persone che sapevano di colla e vernice.

Lukà Aleksandryč oscillava e, d'istinto, come gli aveva insegnato l'esperienza, cercava di tenersi lontano dal fossato.

«Me ne sto nel baratro del peccato in cui mi partorì mia madre…» borbottava.

«Ma tu, Kaštanka, non ci arrivi.

Rispetto all'uomo, sei uguale al carpentiere rispetto al falegname…».

Vicino a lui camminava Fedûška con su il *kartùz*[4] del padre.

Kaštanka li guardava entrambi da dietro, e le sembrava di seguirli da tempo ed era contenta che la sua vita non si fosse interrotta neanche un attimo.

---

[4] Berretto con visiera.

Le venne in mente la stanzetta con la carta da parati sporca, l'oca, Fëdor Timoféič, i pasti deliziosi, le lezioni, il circo, ma tutto ciò adesso le si presentava come un sogno lungo, intricato, pesante...

Aleksandr Blok Città (edizione cartacea: La Vita Felice)
Aleksandr Blok Poesie sulla bellissima dama
Aleksandr Blok Ante Lucem

Dino Campana Tutte le poesie
Vladìmir Majakovskij Tutte le poesie (1912-1930)
T.S.Eliot Canzone d'amore di J. Alfred Prufrock
Cantico dei cantici
Bruno Osimo Spazio intorno allo squalo
Bruno Osimo Poesie dall'ospedale psichiatrico
Bruno Osimo Poesie apocrife di Anna Ahmàtova
Bruno Osimo A Silva
Bruno Osimo Per tenerti la mano tra coyote e cinghiale
Bruno Osimo Sguardi rubati ; Gianpaolo Tescari
Bruno Osimo Bolle d'accompagnazione
Bruno Osimo Proposta sibillina
Bruno Osimo Ce l'hai scarico da un pezzo
Bruno Osimo Sei un vaso di fiori di campo
Bruno Osimo La scoiattola d'autunno

Semiotica

Bruno Osimo Semiotica semplice
Bruno Osimo Semiotics for Beginners
Bruno Osimo Semiotica per principianti
Lev Vygótskij, Pensiero e parola
Charles Sanders Peirce Filosofia della mente
Jurij Lotman Il testo nel testo
Jurij Lotman Le tre funzioni del testo
Jurij Lotman Autocomunicazione: «Io» e «Un altro» come destinatari
Jurij Lotman Le mie memorie 1922-1940
Jurij Lotman La semiosfera: culture

Jurij Lotman La cultura e l'intelligentnost'
Jurij Lotman Il ruolo dell'arte nella cultura
Jurij Lotman Asimmetria e dialogo
Jurij Lotman Il modello della struttura bilingue
Peeter Torop La semiotica della cultura. Introduzione alla scuola di Tartu fondata da Lotman.
Peeter Torop Biografia privata di Lotman attraverso gli autoritratti. Il discorso interno di uno studioso
Peeter Torop La transmedialità dell'autocomunicazione della cultura
Peeter Torop Sugli inizi della semiotica della cultura alla luce delle tesi della scuola di Tartu-Mosca

Opere di Gógol'

La lettera scomparsa
Notte di maggio ovvero L'annegata
La sera della vigilia di Ivàn Kupàla
La fiera di Soróčinci
Memorie di un pazzo

Opere di Solženìcyn

L'arresto. Vivere e morire ai tempi dei gulag
L'istruttoria. Torture, false confessioni, gulag
Storia delle fogne russe. Ondate di deportazione in gulag
La donna in lager. Vita quotidiana nei gulag

Opere di Čechov

Dùšečka
Zio Vanja
Tre sorelle
Il gabbiano

Il giardino dei ciliegi (L'amareneto)
L'insegnante di lettere
Dama con cagnolino: racconto
Casa con mezzanino (racconto di un pittore)
Racconto della signora X
L'isola di Sachalìn
La dacia nuova
A proposito dell'amore
I mužikì
Alle feste di Natale
Per affari di servizio
Nel baratro
Tre anni
Il duello
Ionyč: racconto
L'arciereo: racconto
La sposa: racconto
Kaštanka: racconto
Ragazzi: racconto
Principessa: racconto

Opere di Tolstój

Imparare a scrivere dai bambini
Infanzia
Non uccidere nessuno
Non posso stare zitto Contro la pena di morte
Su ciò che viene chiamato «arte»
Il Vangelo spiegato ai bambini
Il parassitismo
Sonata «Kreutzer»
Il desiderio sessuale
Religione e morale
Perché la gente si droga?
Perché non mangio la carne

Opere di Dostoevskij

Notti bianche
Memorie dal sottosuolo
Il villaggio di Stepànčikovo e i suoi abitanti

Opere di Leskóv

L'ebreo in Russia
Il pellegrino incantato. Il mancino
L'angelo sigillato. L'ebreo in Russia

Opere di Bulgàkov

Comune operaia № 13
Il mago nero
Ho ucciso e altri racconti

Opere di Pùškin

Evgénij Onégin

Fiabe popolari

Sivko-burko
Fiaba su Ivàn-zarévič, sull'uccello-brace e sul lupo
grigio
Vasilìsa la bellissima. La sorellina volpina. Ivàn
Zarévič

Peeter Torop Total Translation
Vlahov Florin The Translation of Realia
B., S.A. Osimo Cognitive distortion, translation distortion, and poetic distortion as semiotic shifts
Bruno Osimo On Psychological Aspects of Translation
Bruno Osimo Literary translation and terminological precision: Chekhov and his short stories
Bruno Osimo Basic notions of Translation Theory
Bruno Osimo Translation Studies. Contributions from Eastern Europe
Bruno Osimo Handbook of Translation Studies
Bruno Osimo Juri Lotman's Translation Handbook
Bruno Osimo Dictionary of Translation Studies
Bruno Osimo History of Translation
Bruno Osimo Roman Jakobson's Translation Handbook
Bruno Osimo The Translation of Culture
Bruno Osimo Prototext-metatext translation shifts
Anton Popovič La scienza della traduzione
Peeter Torop La traduzione totale
Aleksandar Lûdskanov Un approccio semiotico alla traduzione
Vlahov Florin La traduzione dei realia
Revzin Rozencvejg Manuale di semiotica della traduzione
Jiří Levý La creatività linguistica e letteraria del traduttore
Jiří Levý Stile letterario e stile traduttivo. Come si forma il traduttese
Zuzana Jettmarová Teoria ceca della traduzione

B., S.A. Osimo Distorsione cognitiva, distorsione traduttiva e distorsione poetica come cambiamenti semiotici
Bruno Osimo Manuale del traduttore di Giacomo Leopardi
Bruno Osimo Peeter Torop per la scienza della traduzione
Bruno Osimo La traduzione totale. Spunti per lo sviluppo della scienza della traduzione
Bruno Osimo Teoria della mediazione linguistica
Bruno Osimo Traduzione come metafora, traduttore come antropologo
Bruno Osimo La memoria della cultura: traduzione e tradizione in Lotman
Bruno Osimo Traduzione e nuove tecnologie
Bruno Osimo Terminologia semiotica e scienza della traduzione
Bruno Osimo La lingua non salvata
Bruno Osimo Traduzione giuridica e scienza della traduzione
Bruno Osimo Traduzione della cultura
Bruno Osimo Traduzione letteraria e precisione terminologica
Bruno Osimo Traduzione e qualità
Bruno Osimo Traduzione: aspetti mentali
Bruno Osimo La traduzione totale di Peeter Torop

Fuori collana

Federico Bario Come batteva il tamburo
Aleksandr Ânov Le origini dell'autocrazia
Anatolij Rybakov Gli anni del grande terrore
Raffaello Giovagnoli Spartaco
Mihail Arcybašev Sangue
Mikhail Artsybashev Blood
Julija Voznesenskaja Decamerone delle donne

www.ingramcontent.com/pod-product-compliance
Lightning Source LLC
Chambersburg PA
CBHW012023110726
47994CB00012B/3287